AU FEU, MATHIEU!

ALLEN MORGAN
MICHAEL MARTCHENKO

Texte de Allen Morgan

Illustrations de Michael Martchenko

Les éditions de la courte échelle inc.
5243, boul. Saint-Laurent
Montréal (Québec) H2T 1S4

Conception graphique: Derome design inc.

Dépôt légal: 3e trimestre 2000
Bibliothèque nationale du Québec

Édition originale: *Matthew and the midnight firefighter*,
Stoddart (Kids) Publishing Co. Limited
Traduction française: André Bourbonnière

La courte échelle reconnaît l'aide financière du gouvernement
du Canada par l'entremise du Programme d'aide au dévelop-
pement de l'industrie de l'édition pour ses activités d'édition.
La courte échelle est aussi inscrite au programme de subvention
globale du Conseil des Arts du Canada et reçoit l'appui du
gouvernement du Québec par l'intermédiaire de la SODEC.

La courte échelle bénéficie également du Programme de crédit
d'impôt pour l'édition de livres (Gestion SODEC) du gouvernement du Québec.

la courte échelle

Les éditions de la courte échelle inc.

Données de catalogage avant publication (Canada)

Morgan, Allen

[Matthew and the midnight firefighter. Français]

Au feu, Mathieu!

(Drôles d'histoires; 28)
Traduction de: Matthew and the midnight firefighter

ISBN: 2-89021-418-4

I. Martchenko, Michael. II. Bourbonnière, André. III. Titre.
IV. Titre: Matthew and the midnight firefighter. Français.
V. Collection.

PS8576.O642M314 2000   jC813'.54   C00-940915-7
PS9576.O642M314 2000
PZ23.M67Au 2000

Achevé d'imprimer
sur les presses de Litho A…

Aujourd'hui, Mathieu a décidé de jouer au pompier. Il chausse des bottes de jardinage et prend le boyau de l'aspirateur. Puis il court autour de sa chambre pour éteindre les incendies. Au moment où il va faire entendre son cri de sirène, sa maman l'appelle.

«Le souper est prêt», dit-elle.

Mathieu s'élance vers l'escalier et regarde la rampe. Il aimerait tant s'y laisser glisser...

«Il n'en est pas question!» le prévient sa maman.

Alors Mathieu descend lentement l'escalier, une marche à la fois.

Au menu, il y a de la limonade et des hot-dogs avec beaucoup de ketchup. Il y a aussi un grand bol de crudités, car les légumes crus sont pleins de vitamines.

Au dessert, Mathieu et sa maman font griller des guimauves, en faisant attention de ne pas trop les faire brûler. Malheureusement, toutes les guimauves prennent feu.

«Ces charbons sont vraiment très chauds», remarque Mathieu.

Avant de se coucher, Mathieu range ses bottes de caoutchouc au pied de son lit.

«Un pompier doit toujours être prêt, dit-il à sa maman. Penses-tu que les charbons sont encore chauds?»

«À l'heure qu'il est, répond sa mère, ils sont sûrement réduits en cendres. Par prudence, j'ai refermé le couvercle du barbecue.»

Par la fenêtre, Mathieu et sa maman regardent les feux d'artifice qui illuminent le ciel. Le dernier feu est éblouissant!

Mathieu applaudit le spectacle, puis il se met au lit. Sa maman l'embrasse et lui souhaite une bonne nuit.

Mathieu reste éveillé un petit moment. Il entend le sifflement d'une dernière fusée dans le ciel.

«Où peut-elle bien aller?» se demande-t-il en s'endormant.

Vers minuit, Mathieu se réveille. Il s'approche de la fenêtre et voit le ciel encore rougi par les feux d'artifice.

Comme il a soif, il va se chercher un verre d'eau à la salle de bains.

En revenant dans sa chambre, Mathieu entend un sifflement et une grosse fusée atterrit à ses pieds! Vite, avant qu'un incendie éclate, Mathieu verse son verre d'eau sur la mèche de la fusée.

Une seconde plus tard, un pompier grimpe dans une échelle et entre dans la chambre de Mathieu. Il félicite le garçon d'avoir réagi si rapidement.

«Grâce à toi, fiston, le pire a été évité. Sais-tu que tu ferais un formidable pompier?»

«Hé bien... je crois que oui», admet Mathieu.

«Si tu veux, faisons un essai», réplique le pompier qui remet un casque de pompier à Mathieu.

«Mon nom est Freddie Laflamme, explique le pompier. Je passe ma vie à éteindre les incendies!»

«Moi, je m'appelle Mathieu!» lui répond le garçon.

BIP! BIP! BIP!

«C'est un appel de la caserne, crie Freddie Laflamme. Pas de temps à perdre, fiston. Attrape tes bottes et partons!»

Freddie Laflamme saute sur la rampe de l'escalier et Mathieu fait de même. Yahou! Ils descendent à toute vitesse.

Juste au moment où ils arrivent au bout de la rampe, Freddie Laflamme appuie sur un bouton. Une trappe secrète s'ouvre alors au pied de l'escalier et les pompiers peuvent poursuivre leur descente.

Comme une traînée de poudre, Freddie et Mathieu traversent le sous-sol de la maison. À une vitesse folle, ils s'enfoncent de plus en plus profondément dans le sol.

Ils tournent à gauche, ils tournent à droite. Rien ne semble pouvoir les arrêter. Ils ne savent même plus où ils sont, quand soudain ils aboutissent au beau milieu de la caserne.

Tous les pompiers sont là, prêts à partir. D'un bond, Freddie Laflamme et Mathieu les rejoignent. Quand la sirène hurle, le camion s'élance comme une fusée.

En un éclair, Freddie et Mathieu se retrouvent devant un vaste entrepôt de fusées et de guimauves, où des dindons ont organisé un barbecue. C'est la fête!

«J'espère que vous connaissez la différence entre une fusée et une guimauve», s'inquiète Mathieu.

«Bien sûr, bien sûr! s'exclament les dindons. Les guimauves grillées sont délicieuses. Surtout avec du ketchup, elles sont irrésistibles! Mais pour les faire cuire, il nous faut une brochette.»

Sur ce, l'un des dindons enfonce une guimauve au bout d'une fusée et l'approche au-dessus des charbons.

«Non, ne faites pas ça!» s'écrie Mathieu.

Trop tard! La fusée s'envole dans un grand sifflement et va transpercer une fenêtre de la fabrique. Une énorme explosion secoue le quartier et l'entrepôt prend feu.

Il n'y a pas une seconde à perdre! Freddie hisse Mathieu sur ses épaules et lui passe le boyau. Rapide comme l'éclair, Freddie grimpe dans l'échelle.

«Tiens-toi bien, Mathieu!» crie-t-il.

Le boyau se met à zigzaguer et à tourbillonner comme un serpent en furie, mais Mathieu ne lâche pas prise. Il arrose abondamment la fabrique et le feu est maîtrisé en un rien de temps.

«Fiston, tu es le meilleur», déclare Freddie Laflamme, en offrant une médaille à Mathieu.

Sur cette médaille sont gravées une étoile et une inscription: «Chef-adjoint des pompiers».

Comme les dindons sont couverts de guimauve, ils empruntent le boyau pour se laver.

«Nous sommes désolés», s'excusent-ils.

«Il ne faut jamais prendre un incendie à la légère, rétorque Freddie Laflamme. Pour vous faire pardonner, vous allez devoir travailler.»

«Travailler?» s'inquiètent les dindons.

«On pourrait en faire des pompiers», suggère Mathieu.

«C'est une excellente idée!» s'exclame Freddie Laflamme.

Sans hésiter, les dindons sautent dans le camion de pompier, font démarrer la sirène et sonnent la cloche. Mais il se fait tard et les pompiers doivent raccompagner Mathieu chez lui.

«J'espère que tu reviendras combattre les incendies avec nous, lui dit Freddie Laflamme. On a toujours besoin de gars rapides comme toi.»

Mathieu accepte l'invitation et salue tout le monde. Puis il entre dans la maison, monte à sa chambre, grimpe dans son lit et s'endort aussitôt.

Le lendemain matin, la maman de Mathieu est étonnée de voir son fils arroser les fleurs.

«Ce n'est pas nécessaire, remarque-t-elle. On dirait qu'il a plu cette nuit.»

«Ce n'était pas la pluie, c'était moi et Freddie Laflamme!» répond Mathieu.

«Freddie Laflamme?» demande la maman.

«C'est un pompier. À la caserne, nous sommes tous des pompiers. On s'est promenés sur un gros camion. On a tout arrosé en ville.»

Mathieu montre à sa mère sa médaille de chef-adjoint des pompiers. En lui racontant le reste de l'histoire, il insiste sur l'épisode des guimauves.

«Vois-tu, explique Mathieu, il faut bien se nourrir pour combattre les incendies. Freddie dit que les guimauves sont un aliment important. Si on en mangeait pour déjeuner?»

«Je ne suis pas certaine que ce soit une bonne idée», réplique sa mère.

«Ne t'inquiète pas, maman, on n'a pas besoin d'allumer les briquettes. On va manger les guimauves crues. Après tout, comme tu le dis souvent, les aliments crus…

... contiennent plus de vitamines que les aliments cuits.»